AF416343

BOUTE ET BROUTE !

Tome 3 – Série « LE SENTIER DES HEROS »
Rédigé par Primus Enigmo, de 1995 à 2018.

Chambres

TABLE DES MATIÈRES

Commandement

TITRE I - <u>LES PERSONNAGES</u>

1.9 <u>Sam Ice</u>

Fan invétéré (et invertébré !) de Bob Marley, il écoute son chanteur préféré à longueur de journée, ce qui a particulièrement le don d'exaspérer les supérieurs, dont le trop connu CLC ... Samy est très cool (trop ?!), et ça se remarque ...

Son niveau en sport est bon.

Sam Ice
SEMAINE

1.10   <u>Antonio</u>

Lui ? Il a toujours voulu s'engager, comme ses ancêtres Frontaliers, lesquels se sont toujours disputés l'honneur de porter l'uniforme Français. Ce dernier est très apprécié dans la Section (c'est un bon blagueur, doublé d'un gros farceur ...). En plus, et c'est la cerise sur le gâteau, il connaît tout sur l'Armée, les Armées étrangères, l'Histoire Militaire en général ... et est incollable sur beaucoup de sujets, d'après ce qu'il prétend. En tout cas, le narrateur des récits militaires, à l'occasion des veillées, c'est lui ! Tireur d'Élite du groupe, il est de surcroît très bon en sport ...

Antonio

1.11   Hacker

Ce personnage ne jure que par l'informatique, les jeux vidéos, auxquels il consacre une bonne partie de son temps libre ... Il faut dire qu'à cette époque, l'informatique n'en est encore qu'à ses balbutiements ... Il n'empêche que c'est le génie du groupe : Ingénieur Robotique dans le Civil, c'est aussi un constructeur hors pair, inventeur d'incroyables machines, et un informaticien de premier plan ... Ses réalisations lui vaudront la sympathie de ses camarades ... Il fait office, dans la section, de Transmetteur, et est très mauvais en sport.

1.12   <u>Paulo, alias "Zibbeur"</u>

D'un caractère très effacé, ce qui lui permet d'exercer son activité favorite pendant le Service Militaire : échapper furtivement aux corvées quotidiennes, pour aller se reposer ...

Il n'en demeure pas moins, qu'ayant une formation de chauffeur-livreur dans le Civil (au chômage ...), Zibbeur est le chauffeur attitré du Caporal-Chef Tyrex. Procrastinateur convaincu, il va jusqu'à reporter sa pratique sportive au lendemain : son niveau sportif est donc très mauvais ...

TITRE II - **BLAGUES**

\---

(Flash-back sur un lit en cathédrale ... au petit matin,
Spid a l'air tout bouleversé ...)
"- Eh bien, Spid, my pote, comment savati ?
- Ben ... euh ... J'y comprends rien ! J'suis rentré dans
mon lit, comme d'hab ... puis, impossible de bouger !
J'me suis retrouvé la tête en bas, et les pieds en haut,
comme si j'avais voyagé dans une station spatiale !
- ... Tu veux dire une station ... spéciale ! En somme,
c'était renversant !
- Ouais ! J'ai plus qu'à aller mettre une bougie de moto
à la cathédrale !" *(brûler un cierge ...)*

\---

Un soir, alors que les Appelés sont au repos ...)
"- Et vous pensez que nous, Appelés, ayons le droit de
nous plaindre de notre sort actuel dans les Armées ?
Asseyez-vous donc sur vos pieux, et écoutez ce qui va
suivre ... Le récit est tiré de l' <u>Histoire d'un conscrit de
1813</u>, par ERCKMANN-CHATRIAN. Bien, je débute
:

*« Maintenant on prend tout : les pères de famille
depuis 1809 ; je suis perdu ! »
M. Goulden me versa de l'eau dans le cou ; mes bras
pendaient, j'étais pale comme un mort. Du reste, je*

n'étais pas le seul auquel l'affiche de la mairie produisît un pareil effet ; en cette année beaucoup de jeunes gens refusèrent de partir : les uns se cassaient des dents, pour s'empêcher de pouvoir déchirer la cartouche ; les autres se faisaient sauter le pouce avec des pistolets, pour s'empêcher de pouvoir tenir le fusil ; d'autres se sauvaient dans les bois ; on les appelait les réfractaires, et l'on ne trouvait plus assez de gendarmes pour courir après eux. "

En outre, l'auteur précise, un peu plus loin :

"(...) l'amour de la patrie était bien en nous, mais plus encore la fureur de nous battre."

La situation est sans ambiguïté pour les Soldats ...

« Maintenant tout l'univers est contre nous, tous les peuples demandent notre extermination... ils ne veulent plus de notre gloire ! »
On songeait ensuite qu'on avait pourtant l'honneur d'être Français, et qu'il fallait vaincre ou mourir."

... Jusqu'à devenir particulièrement tragique :

" Mais, au moment où nous approchions des Jardins de la ville, leurs canons, qu'ils avaient emmenés, s'arrêtèrent derrière une espèce de verger et nous envoyèrent des boulets, dont l'un cassa la hache du sapeur Merlin en lui faisant sauter la tète. Le caporal des sapeurs, Thomé, eut même le bras droit fracassé par un morceau de la hache; il fallut lui couper le bras le soir, à Weissenfels. C'est alors qu'on se mit à courir, car, plus on arrive vite, moins les autres ont le temps de tirer : chacun comprenait cela. "

Enfin, il posa son livre : "Alors, les amis, les Anciens
n'en bavaient-ils pas plus que nous ?" Je constate qu'il
y a, comme toujours, des esprits exaltés !!!
(Juste à côté, dans son lit, Louie dort à poings fermés
...)

(Le CLC visite les locaux de la 13 ...)
"- Alors, que se passe t-il ici ? Pourquoi n'êtes vous pas
rasés ? Quel est donc la signification d'un tel laisser-
aller ?
- On peut répondre ?! Il n'y a plus d'eau, tout
simplement, Chef ! Depuis une semaine, pour être
précis ... Donc, impossible de se raser.
- Impossible n'est pas Français !
 Débrouillez-vous, tous, pour être rasés de près, dans
les plus brefs délais !
- ... Par vous, peut-être ?!?"

Le Chat du Colonel
Réception organisée en l'honneur du Chat : on est entre
chiens et chats.

"- L'Armée, grâce aux Appelés, est devenue une
véritable ménagerie !
- Pourquoi donc, my pote ?
- Ben ... T'as pas vu le nombre de blaireaux que tu
peux rencontrer au mètre carré ?! "

"- Voilà, Chef ... La mission est effectuée ... RAS. Je
dépose les clés ...
- Mais, que ?! Aviateur !
- C'est tout ce qu'il reste ! Taillons la route, avant la
rousse ! Fissa, fissa !
- Comme tu dis ... et puis, de toutes façons, c'est l'autre
voiture qui gênait ! Vite, prenons la tangente !
(En fait, ils ont percuté, avec leur "4L" de service, la
voiture du Général ...Au Poste de Garde de la Base ...)
-"Dring, dring !!!!"
- Allo, Chef de Poste ? Ici l'Aide de camp du Général
..."

"- Il est où, Louie ?!
- Ah ! Il a été muté disciplinaire dans un Escadron de
Combat ...
- ... Il paraît qu'il teste la Sécurité des sièges éjectables
...
- Waouh ! Cool ! Il doit s'éclater, alors !!!
(Au loin, on aperçoit un siège, en l'air, avec l'Aviateur
à bord, qui hurle :)
- Je veux descendre !"

Le Chat du Colonel
Le Chat s'ennuie déjà et fait ses griffes sur les rideaux :
les personnes responsables de la pose sont sévèrement
sanctionnées pour la qualité des matériaux ...

"- Regardez, les gars ! J'ai inventé un nouveau truc :
j'ai mis du temps, mais l'engin semble être au point
cette fois ...
- Génial, et ça sert à quoi ce bidule ?
- C'est un robot-serveur de boissons ... T'as soif ? Tu
commandes, et hop, le tour est joué ! Démonstration ...
(Le robot, après avoir reçu la commande, déclare :)
"Il est 10h20mn ... Votre quota de boissons est dépassé
... retournez immédiatement au travail, Aviateur !"
- Mince, il y a un bug !
- Pour un rafraîchissement de mémoire, c'est réussi !!!"

"-Et n'oubliez-pas qu'un imbécile averti en vaut deux ...
  - Parfait ! Au moins la Section a vu ses effectifs
doubler en deux minutes !"

(Inspection de chambrée)

"- Garde-à-vous !
  - Visite de casernement ! C'est quoi, ce foutoir ?
- Ben ... c'est notre chambre, mon Caporal-Chef ...
- On ne dit pas "mon Caporal-Chef", on dit "Caporal-
Chef", tout court .. c'est bien compris, Deuxième
Classe ?
- Affirmatif, "Caporal-Chef Tout Court !
- ... !?!? "

"- Dis, tu crois pas que t'as un peu trop abusé de cirage
?
- Mais non ,pourquoi ?

- Oh, pour rien ... "
(On suit le bonhomme à la trace, dans les escaliers et couloirs ...)

Le Chat du Colonel
Arrivée secrète de l'Agent Discret 7.0.0 ... Euh ...
Arrivée discrète de l'Agent Secret 7.0.0. Il commence bien, en marchant sur la queue du Chat du Colonel, alors qu'il tentait de raser les murs ...
"-Mon nom est Jacques, Jacques Bonde.
- J'aurais parié que c'était Monsieur Célère, car ...
Jacques Célère !!!"

"- Le balayage, c'est très simple : il faut disposer d'un balayeur, et d'un balai ... des questions ?
- ...
- Pour le balai, il faut des piles, non ?!
- !!! "

"- Salut ! T'es nouveau ici ?! T'as l'air un peu trop vieux pour être de notre Classe !!! T'as bûché à la Fac ?! Tu verras : ici, ta Science, tu peux la laisser au placard, et être démerdard ! On est cool, ici. En plus, t'as du bol, y'a encore de la place ... Bon, je dis pas, Crados pue et l'autre, à côté, ronfle comme un hydravion ... à part ça, le balai et la brosse sont là-bas ... Je te laisse te servir, et vais illico au plumard écouter ma Zique préférée ... Ciao, le Bleu, et que ça brille !
(Entre-temps, le CLC arrive ....)
- Ah ! Vous voilà, mon Général ! Je suis extrêmement confus, mon Général, je ne savais pas que ...

(Un peu plus tard, ça tique à fond ...)
- "Le Bleu, le Bleu ..." J'vais t'en faire voir, de toutes les couleurs, moi !!!"
(CLC à Louie ....)

"- Citez-moi un Grand As de l'Aviation ?
- L'As des AS !!!
- ..."

"- Ah ! Que ça fait du bien de retourner dans sa chambre, et ...
(Le CLC tombe en arrêt, face à Louie ...)
SBBAAAMMMMMMM!!!!
(l'Aviateur se prend la porte en pleine figure ...)
-Ça va, Louie ?! Vous vous portez bien ? "

"- "WC condamnés" !
- Qu'ont-ils donc fait, si ce n'est entendre des bruits de chiottes, ou peut-être même sont-ils bouchés ?"

"- Dites, Aviateur ... C'est normal, ce brouillard ?!
- Non, le Fog, c'est plutôt en Angleterre, à Londres ..
(Un peu plus loin, la Section fait griller des sardines, et ça empeste plein pot dans tout le bâtiment ...)
- Ah ! Cuisiner en toute discrétion, rien de tel pour ouvrir l'appétit ! "
(Derrière lui, le CLC demeure immobile et furieux ...)

Le Chat du Colonel
Présentation de la nouvelle ration de combat, de type réglementaire AZi360Mut ..
"- Ça se mange, ce truc ?!?"
En tout cas, le Chat est plutôt de cet avis ...

"- Petit rappel : la perte du laissez-passer signifie un mois de trou ... des questions ?
(Tard, dans la soirée, un petit groupe s'affaire dans les champs, à la lueur d'une lampe torche ...)
- Alors ?!? Tu vois quelque chose ? Pourtant, on est bien passés par là ! ... Misère !!!

(Le CLC aux Appelés ...)
"- Vous devez planter cet arbre !
- Mais, je ne sais pas, moi !!!
- C'est un ordre !
- Je suis informaticien, et je ne connais que la Ville ... J'y connais rien, moi, au jardinage ...
- Vous voulez faire du trou ? Alors, plantez-moi cet arbre, et que ça saute !!!
- À vos ordres, chef !
(Le CLC repasse, peu après, et l'arbre est planté, à l'envers ...)
- Vous, vous êtes planté !
- Et vous, que faites-vous plantés là ?!? "

"- Citez-moi un Grand As de l'Aviation ?

(et l'Aviateur de se redresser fièrement, avec un grand sourire ...)
- L'As Tiqueur !"

(pour faire un Service peinard : règle n°4)
"- Raser les murs, en permanence !
- Mince ! J'ai pas assez de mousse, sur ce coup-là !
- Flûte ! Encore un raseur ...."
(Sont dans le Poste de Garde, et s'occupent comme ils peuvent ...)

D'après Radio-Base, il paraît que tout ce qui a trait au X sera confisqué (livres, revues, films, cartes à jouer, etc). Le fin mot de l'histoire ne dit pas ce qu'est devenu tout ce matériel de première nécessité (et non de première main !) ...

(Distribution des rôles ...)
"- En tant que Chef de Chambre, je m'occupe de la liste des Tics (balayage, douche ...)
- Moi, en tant que Sous-Chef de Chambre, je gère le matériel opérationnel : balais, brosses ...
- Eh bien, moi, le Sous-Sous Chef de Chambre, je gère la Discipline. J'ai quand même quelques mois d'Armée !
(Un peu plus tard ...)
- OK ! J'ai compris. Où est la serpillière ?
(il s'agit d'un Nouvel Arrivant ...)

Le Chat du Colonel
L'Agent Bonde est déjà absent : pour les affaires courantes, prière d'attendre son retour ; pour les urgentes, attendre son réveil !

(Pour faire un Service Peinard : règle n°5)
Montrer que l'on est occupé ...
"- Nombril ! Avez-vous vu l'Aviateur Nombril ?!
- Pourquoi donc ? La photocopieuse est en panne ?!
- Oh, que non ! Au contraire, elle fonctionne à merveille !!!Trop bien, même."
(L'Aviateur a disparu, tandis que la photocopieuse effectue le travail programmé : 1000 copies d'une photo de femme en tenue très légère ...)

(Un hurlement déchire le calme ambiant du bâtiment : c'est le CLC qui court comme un fou dans tous les sens ...
"- Qui a fait ça ?!
- ?!?
- Qui a remplacé l'appel de la sono par ça ?!?
(À ce moment, on entend de la musique classique, douce et apaisante ... Louie est foudroyé par tous les regards : il est trahi ...)
- ...
- Et un de plus au violon !

D'après Radio-Base, il paraît qu'un obsédé sexuel rôde sur Base ... En fait, il s'agirait bien d'un obsédé, mais "textuel" : il adore dévorer les oeuvres de Verne, Shakespeare, Hugo, Sand, Lamartine, Agatha Christie, etc. Inutile de lui demander s'il est à la page !

"- Citez-moi le nom d'un Aviateur connu, et que ça saute !
- Alfred Nobel, inventeur de la dynamite ?
- Magelland ? *(Sans "d", le lecteur aura compris la subtilité ...)* Et en plus, il a même fait des Parcs d'Extractions !!!
- Bob Marley ?
- Astérix ?
- Nombril ?
- Les réponses sont à votre image :! débiles ... Au fait, pourquoi nombril ? C'est une blague, ou quoi ? (CLC)
- Non, pas du tout, Chef ! Avec tous les vols planés qu'il s'est pris avec les filles, c'est lui le plus grand Aviateur ... Un pilote de haut vol !"

Le Chat du Colonel
Le Chat du Colonel passe sans arrêt devant le Poste de Garde : à coup sûr, il veut qu'on le salue, comme son maître !

"- Vous devez passer la tondeuse dans ce champ, exécution !
(Peu de temps après ...)
- Je te l'avais bien dit que c'était cool ! Vive le Rallye !
"

(Ils sont en train de passer la tondeuse, assis sur les engins, lancés à vive allure ...)

"- On cherche d'urgence des personnes polyglottes, pour une importante mission stratégique !
- ... (on n'entend pas une mouche voler)
- Des volontaires ?
- Je sais parler Anglais ...
- Moi, l'Allemand ...
- Moi, l'Italien ...
- Moi, pour ne rien dire ...
- Parfait, les intellectuels ... Suivez-moi tous, sur le champ !
(Un peu plus tard, chez le Fourrier, ils sont en train de décharger les camions ...)
- J'ai comme l'impression qu'on s'est fait avoir !!! "

(Un nouveau arrive ... Les autres prennent la parole ...
"- Bienvenue, Camarade d'infortune !
- Bonjour à tous !
- Que fais-tu dans le Civil ?
- Je suis Ingénieur en Robotique ...
- Non ?!? C'est cool, ça !
(Puis, le prenant à part ...)
- Dis ... Tu pourrais pas nous rendre un petit service ?
(Plus tard, un robot est en train de faire le ménage, pendant que les Appelés se prélassent sur leurs lits ...)
- Y'a pas à dire : l'esprit d'équipe, ça a du bon ! "

"- J'en ai marre d'obéir !

- Ouais, surtout qu'on gagne des clopinettes !
- T'as raison : mais, c'est décidé ! Je reste au plumard. Je pioncerai toute la journée ... Pour me réveiller, il faudra envoyer l'Infanterie, la Légion, la Marine, les Missiles, les ...
(À ce moment-là, la sono délivre son message habituel ...)
- Rassemblement immédiat pour le Mess !
- Au fait, on mange quoi, aujourd'hui ? "
(Sans dire un mot, tout le monde se précipite pour se regrouper, en bas du bâtiment ...

Le Chat du Colonel
Le Chat du Colonel n'a rien à déclarer, aujourd'hui : vie privée, oblige !

(Le Crados arrive dans sa chambre, comme d'habitude, sans se douter de rien ... La Chambrée en a vraiment assez de devoir supporter ses effluves nauséabondes. C'est alors que tout le monde lui saute dessus, et le balance, tout habillé, sous la douche. Généreusement aspergé de savon et de shampooing, "l'Arme Chimique" hurle à qui veut bien l'entendre :)
"- Au secours, au secours !!! On veut ma peau !
- En parlant de pot, tu as vraiment de la chance : l'eau est chaude !
- Et pourtant, quelle douche froide ! "

"- Si je comprends bien, dans ta famille, vous êtes tous dans la chasse, alors ?

- Comment, ça ?
- Ben, ton oncle est chasseur de gibier ; ton cousin, chasseur dans un grand hôtel parisien, et toi, tu es affecté à l'Escadron des TICS, au contact direct avec les chasses d'eau ... En somme, t'es un vrai chasseur de la confrérie du balai-brosse !
- Une chose est sûre : j'en ai rien à brosser !!! D'ailleurs, tu peux même aller te faire brosser, toi aussi ..."

"- Dites, vous !
- Oui, Chef ?
- Ça fait longtemps que vous êtes parti de chez maman ?
- Négatif, Chef !
- Vu la qualité du repassage de vos effets, je m'en serais un peu douté ...
(Sa chemise est ultra-froissée, et pleine de marques caractéristiques du fer à repasser ...)
- Vous repasserez dans mon bureau, pour prendre de nouvelles consignes ! "

"- Garde à vous !
- Un petit malin, parmi vous, a subtilisé une bouteille au Mess, pensant récupérer du Porto.
En fait, d'après les informations qui m'ont été communiquées, il s'agirait d'un ...
- ... Laxatif puissant !
(À ce moment-là, un groupe d'Aviateurs passe en trombe, se ruant vers les toilettes ...)
- Dégagez devant ! Chaud devant ! Urgence ! "

Le Chat du Colonel
Une rumeur court, via Radio-Base : il paraît qu'un
nouveau chat est arrivé sur la Base. Tout le monde se
pose des questions ...

"(Pour faire un Service peinard : règle n°6)
Savoir obéir aux ordres.
"- Et alors ?! Il vous faut un carton d'invitation, avec
des lettres dorées et toute la déco qui va bien, pour que
votre tenue soit irréprochable ?
(Nocomprendo reste là, hagard ... Dans sa langue, il se
demande :)
- Keskilrakont, Lekssité ?
(Les autres ...)
- Celui-là, il y tient vraiment à son carton d'invitation
... Ma parole, il a dû avaler une cassette ... à force de
répéter comme un perroquet !!!"

"- Foi de moi, CLC, les originaux, les petits malins, je
les ai toujours à l'oeil !
- Vous, Louie, en particulier : ne pensez pas être
comme un poisson dans l'eau ! "
(De dos, un gros Poisson d'Avril est accroché, décorant
le CLC ...)

"- Aviateur de Deuxième Classe Spid, vous aiderez vos
collègues au Magasin d'habillement, rayon des casques
...

- Ah, super ! Moi, le matériel moto, ça me connaît :
casque intégral, bol, et tout et tout ...
- ... des casques de combat ! Vous pouvez disposer ...
- Sur le coup, ça me file un sacré coup au casque ...
c'est pas de bol !!!"

- Corvée de patates, corvée de patates, j'en ai ras le bol
de leurs pommes de terre, moi !!!
- Ah, bon ? (CLC)
(Un peu plus tard ...)
- Corvée de carottes, corvée de carottes ...
- Oh, c'est bon ! Ça va, on la connaît, ta chanson !

"- Eh !?Notre linge, il est où ?
- Ben, j'ai cru bien faire ... et puis, c'était un étendoir
pratique !
(Au loin, un avion décolle, entraînant dans son sillage
une corde à linge, avec de nombreux vêtements
accrochés dessus ...)
- Je crois que je suis dans de beaux draps !"

"- Louie ! Donnez-moi une seule bonne raison de ne
pas vous planter, tout de suite !
(L'autre, tout d'abord hésitant, puis arborant un sourire
hyperstupide ...)
- Ben, je ne suis pas un arbre, Chef !
- Bon, rompez, et allez prendre racine ailleurs !!! "

"- Ça te dirait d'écouter de la bonne zique ? Ni vu, ni connu ...
- OK, Man !
(Ils effectuent un branchement de fortune, et écoutent, peinards, leur chanteur préféré ... Pendant ce temps, ...)
- Que se passe t-il ? Trouvez-moi immédiatement les responsables ...
(La musique est diffusée par haut-parleurs, dans toute la Base ...)
- Hé hé ! Cool ! On connaît la musique ..."

Le Chat du Colonel
Incident au Mess : des denrées ont disparu ... Qui a bien pu faire le coup ? Le Chat, c'est certain ... La preuve : il a fait dos rond !!! S'il est rond, c'est qu'il a bu, et s'il a bu, c'est qu'il a pris les bouteilles, et s'il a pris les bouteilles, c'est lui qui a fait le coup !

Il est où, l'incendie ? (Louie porte un seau ...)
"- Mais, que fais-tu ?!?
- Ben ... Quand j'ai entendu la sono dire "Extinction des feux !", je me suis dit qu'il devait y avoir un sacré incendie ...
- !!!"

"- Comme je le dis souvent, j'ai eu la chance de faire la guerre, la Vraie !!!
- Ah ouais ?!? Laquelle ?
- Celle contre la poussière et la saleté. Mes armes favorites : balai-brosse, serpillière, pelle et seau ...

- !!!"

D'après Radio-Base, il paraît que la durée du Service
va être diminuée : 365 jours, au lieu d'une année. Ça,
c'est une information fiable !

"- Enfin, une chambrée qui a l'air impeccablement
rangée ... Ça fait plaisir !
(Le CLC parcourt les locaux, et vérifie toutes les
armoires ouvertes, au fur et à mesure ...)
- Pourquoi celle-ci est-elle fermée ?
- C'est que ...
- Ouvrez-la immédiatement !
- Oui, Chef ! Mais, c'est que ...
(Il s'exécute, et le CLC se retrouve enseveli sous un
gros tas d'affaires ...)
- Je disais que ça fait plaisir !!! Par contre, un petit
conseil : fermez-la !"

"- Qui a passé la tondeuse, aujourd'hui ?
- C'est Louie, CLC !
- Louie ! À moi ! Où est-il encore passé, le bougre ?"
(Il s'enfuit, en arrière plan : il a bien passé la tondeuse,
mais il a tout tondu, y compris le parterre de fleurs, à
l'entrée de la Base ...)

"- Et alors, Louie ? Que se passe t-il ? Quand on croise
un supérieur, il faut donner un coup de raquette !

- Oh, moi, vous savez ... le sport, c'est pas trop mon truc, alors, pensez donc, le tennis !"

Le Chat du Colonel
Qui a vu le nouveau chat ? Personne, assurément, car tout le monde s'est barré en perme !

D'après Radio-Base, il paraît que les nouvelles infirmières sont canons ... Après vérifications, elles (ou ils ?!?) seraient plutôt velues, de tailles corpulentes, certaines atteintes de calvities précoces ... Attention aux coups de douze !!!

"- Ah, Ah ! Le coup du seau d'eau, placé au dessus de la porte, ça marche à tous les coups ...
- C'est vrai !!!
- Bon, c'est pas tout, mais on est pas des Bleus ... Je vais prendre une petite ...
(À ce moment-là, il ouvre le robinet, et l'eau coule, dégoulinade de cirage bien noir ...)
- ... douche !!!"

"- Louie ?! Où est-il encore passé, celui-là ? Ah, le voilà ! Zut, ce n'est pas lui ...
- Louie ?
- !!!"

(Un peu plus loin, ce dernier est allongé, en train de dormir, le walkman vissé sur les oreilles, à côté du balai).

"- C'est vraiment impossible de dormir dans cette chambre, Chef ! Quand il ronfle, on se croirait à bord d'un hydravion !
- Aviateur, où est le problème ?! Vous ne vouliez pas passer votre brevet de pilote ? "

"- Mais, tu te laves à quoi ?! Ça schlingue dans ton coin !! Fais quelque chose !
- De toutes façons, vous n'avez jamais pu me sentir !"

"- Vous avez égorgé un putois ?
- Non, Chef ! C'est Louie qui dort ...
- !!! "

"- Extinction des feux ! Tout le monde dort, maintenant ! (message passant à la sono. Un peu plus loin, dans une chambre, un petit groupe tente d'éteindre un incendie ...)
- On dirait que ça empire !!! Elle était vraiment cool, ton idée de grillade ... Pour être grillés, on va l'être joliment !"

Le Chat du Colonel
Des traces de boue (en l'occurrence, provenant du Chat
...) ont été relevées sur le véhicule flambant neuf du
Colonel : on ne dira rien ... chut ! Les caporaux en
seront quittes pour la perception des accessoires de
nettoyage ...

(CLC à Louie ...)
"- Dites, Aviateur ... Ça fait combien de temps que
vous dormez ?
(L'interpellé se met au garde-à-vous ...)
- Dix minutes, environ, mon Caporal-Chef !
- Environ ? Le temps de se faire une petite toile, c'est
ça ?!"
(Une araignée a eu le temps de tisser une belle toile sur
Louie ...)

"- Chapeau ! T'as été ultrarapide pour vider ta poubelle,
toi ! Deux cents mètres en deux secondes ... Tu bats le
record Olympique, sur ce coup ! Comment as-tu fait ?
- Hé hé ! Tout est dans le geste ..."
(En fait, il a balancé les ordures par la fenêtre du
deuxième étage. en bas, une Jeep à l'arrêt, a tout pris, et
le conducteur, qui n'est autre que le CLC, est plutôt
furibond ...)

"- Tout le monde aux abris !!! Ceci est une alerte ! Vite
... vite ...
- Pourquoi, donc ? Crados a encore frappé ?!"
(Alerte chimique ...)

"- Et voilà ! Mon nouveau robot pour le ménage est
prêt !
- Cool ! Après le ménage, le manège, hi hi !
(L'engin est allumé et, au bout d'un moment, s'affole
carrément ...)
- SII ! ZBBIMMMMM ! DSSINNNG !
- ??
- Hé ? Que se pastèque ... passe t-il ?
- T'es sûr d'être Ingénieur ?
- Y'a un os ! QUI a remplacé le détergent par de la
peinture ?
(Au loin, Louie est en train de se barrer, en douce,
comme d'habitude ...)
- Ce n'est pas un agent chimique en tout cas !!!
- Sûrement quelqu'un qui a du pot ..."

"- Demain, Visite du Général : tout le monde devra
avoir un comportement exemplaire, comme d'habitude
! Je compte sur vous !!! Louie !?!
- Euh ... On dirait que pour sa part, il compte plutôt les
moutons, Chef !"
(Il s'est endormi sur la chaise, dans la salle où tout le
monde est rassemblé ...)

D'après Radio-Base, il paraît qu'il y a trop de monde à
l'Armée. Il faut donc virer .... d'énormes pécules sur les
comptes bancaires ?!?

Le Chat du Colonel
Nouvelle consigne provenant de la Troupe : le Chat du Colonel doit être salué ...

Pour faire un Service peinard, règle numéro 6 :
- S'adapter au groupe.
- Bonjour à tous ! J'ai un doctorat en Modestie. Merci de me vouvoyer, de me laisser choisir la meilleure place dans la chambrée, et de vous procurer d'urgence des lunettes de soleil, afin que votre ignorance crasse ne soit pas trop éblouie par mon immense Génie ...
- Euh ... Le bitos, là ... Il aurait pas un ego surdimensionné, par hasard ?!"

----

* <u>Le Tir</u>

Un Soldat doit, et donc devait, savoir tirer avec une arme à feu. Des séances, souvent mémorables, étaient organisées dans ce but. Certains Appelés, les "Objecteurs de Conscience", refusaient cependant de porter les armes.

"- Cible un, vue !
- Cible deux, vue !

- Cible trois, vue !

...

- Aviateur Louie : c'est quand vous voulez ! "
- DZOUINBONGTCHACK !!! (un bruit de musique
est perceptible sous son gros casque ...
En fait, comme il a un baladeur, il n'entend rien de ce
qui se passe, au grand dam du CLC qui enrage à ses
côtés ...)

"- Aviateur de Deuxième Classe Spid, à moi !
- 20 sur 20 en tir, vous m'épatez sur ces coups-là !
Avez-vous une méthode particulière pour réussir ? Peut
être vous êtes-vous entraîné dans un club de tir, avant
de partir à l'Armée ? (CLC)
- Ah ! Mon Caporal-Chef, le tout, c'est de savoir faire
son trou, hi hi hi ! Avec l'outil qui va bien ... "
(Et de planquer discrètement son stylo bille, lequel lui
a servi, très très récemment ...)

(Le tir vient de s'achever, et chacun va voir les impacts
sur la cible ...)
"- La Palme de cette séance revient incontestablement
à l'Aviateur Louie : 200 impacts sur sa seule cible ... et,
naturellement, un Zéro pointé sur les autres ... Je
rappelle à notre aimable assemblée que chacun devant
viser sa propre cible, l'objectif n'a absolument pas été
atteint.
Il y a donc, comme qui dirait, un petit problème. En
conséquence de quoi ...
- ... Tout le monde est invité à une séance de Tics
supplémentaire !
(En aparté, un Appelé soupire ...)

- C'est vraiment à se tirer des balles !"

Le Chat du Colonel
Un hippie cherche Woodstock sur la Base :
" Qui, ça ? Non, j'connais pas ce gars ... C'est un
nouveau ? Un copain du Chat, ou de Spid ?!"

"- Chef, Chef ! Louie a quelques soucis avec son PM ...
- Comment ça, mais ... que s'est-il passé ?
- Ben, j'y comprends rien, moi ! J'ai mis une cartouche
dans le machin, et puis ... ça a pété !!!?!
- !!!
- Oh, non ! Il a mis une cartouche de stylo dans son
arme ... quelle tâche ! "

"- Comment dire, Aviateur Louie ... (ton doucereux ...)
Quand on est en séance de tir, et qu'on utilise une
mitrailleuse, arme à fort recul, comme tout le monde
est sensé le savoir ...
(Là, il hurle d'un seul coup)
- ON PENSE À CALER SON ARME CONTRE
L'ÉPAULE !!! "
(Louie, en train de regarder bêtement, en position, les
doigts à leur place sur l'arme. Celle-ci a effectué un
formidable recul, défonçant la tête d'un autre Appelé ...
Celui-ci voit mille étoiles ...)

"- Quand vous êtes en séance de tir, repérez-bien votre
cible ! C'est OK pour tout le monde ?!
- C'est nickel, Chef : je la vois ! Au fait, je voulais
savoir si …
(Et c'est alors que Louie se retourne, avec le PM
braqué sur les autres ... Tout le monde se met,
instinctivement, à l'abri ...)
- !!!"

"- Cible 1, vu !
- Cible 2, vu !
- Etc
- Cible double, hic, vu ! C'est quand même bizarre
comme elle bouge ...
(L'aviateur est bourré ...)
- Encore un qui a de la bouteille !
- À des degrés divers, hi hi ?"

----

* <u>Le Sport</u>

Particulièrement à l'honneur, les activités sportives
faisaient partie intégrante de la vie de l'Appelé. Les
gens dotés de talents en la matière étaient détectés très
tôt, et affectés dans des formations de renom, ou
participaient à des rencontres sportives ...

"- Et vos affaires de sport, elles sont où, Aviateur de
Deuxième classe Spid ?

- Ben, quoi ?! Sur moi, évidently : veste de motard rembourrée, gants hyperméga résistants, écharpe pure soie bio (en nylon renforcé ...), casque homologué cascades, santiagues, etc. "

Le Chat du Colonel
Le hippie cherche toujours la sortie de la Base ... Woodstock, c'est sûr maintenant, c'est ailleurs ! Le Chat le regarde d'un air surpris, tandis que Spid reste planté là, l'air hilare !!! Ça fait du bien de rencontrer des potes ...

"- En motocross, j'étais toujours le premier sur la ligne de départ !
- Et à l'arrivée ?
- Au fait, y'a quoi d'intéressant à la télé, ce soir ?!?
Non, je demande comme ça, à tout hasard ...
- Là, j'ai comme l'impression que c'est un peu la Fête Nationale chez spid : il se défile en douce, discrétos !"

"- N'oubliez-pas, Aviateurs : vous devez effectuer un premier raid de quinze kilomètres ... On fera le point un peu plus .. Louie ?!?
- Oui, Chef ?
- Que faites-vous allongé, là ? C'est pas encore la Foire aux Larves, que je sache !
- Ben, j'attends le camion !
- ..."

(Musclo)"- Je fais quatre heures de muscu par jour ...
- Fais donc des mots croisés : ça compensera, hé hé !
("Pif ! Paf ! Ouille !!!" Le petit malin s'est fait
décalquer par le colosse ...)
- Tiens ?! Je ne connaissais pas ces maux-là !"

"- Tout le monde doit faire du sport ! Compris, les
moustiques ?
(Un peu plus tard ... Les Aviateurs sont assis devant la
télé, à l'aise, avec tout ce qu'il faut : cacahouètes,
apéritifs, etc)
- Ça va, les gars ? Je ne vous dérange pas trop ?
- Pas du tout, mon Caporal-Chef ! Nous sommes en
pleine activité sportive. La France est d'ailleurs en train
de mener, en ce moment !
(L'autre, en train de criser et de perdre patience ...)
- Là, c'est foot ; tout à l'heure, cyclisme, et après,
natation ... Notre agenda sportif est surchargé ...
- Bref, on nage dans le bonheur ! (CLC dépité)
- Rien ne sert de courir ... sauf pour la télécommande,
hé hé !"

(Pour faire un Service peinard : règle n°7)
"- Faire beaucoup de sport !!!
- Comme ça, on ne fait pas autre chose !
- Vous voulez zibber ? Tiquez !!!"

D'après Radio-Base, il paraît que l'Armée va envahir mars avec des soucoupes volantes spécialement affrétées par le Ministère : l'information reste cependant à confirmer ...

Le Chat du Colonel
Grave incident sur la Base : le chien d'un CLC a failli dévorer le Chat du Colonel : Alerte générale ! Le CLC est convoqué dare-dare ...

"- Courir, courir, tout le temps courir ! ça sert vraiment à rien ! (Morfale)
- C'est vrai : c'est usant à la fin ... (ton las)
(Message de la sono dans le bâtiment)
- "Ouverture de la Cantine dans cinq minutes !"
(Tout à coup, Morfale se précipite comme un dément, la cuillère à la main ...)
- Tu disais ?!?"

- Demain, Cooper pour tout le monde ... Les malades auront droit à un tour de garde supplémentaire, qu'on se le dise ...
- Super ! J'adore Gary Cooper !!! Il a fait de très bons films et ...
- Silence dans les rangs ! vous ferez moins les marioles au bout du cinquième tour (et il part . Un grand silence règne dans la chambrée ...)
- ...!!!

- Psycho, il faut qu'on cause un peu : le "Cooper", c'est
un test de sport, une épreuve de course, pour être
précis.
- Mince ! Non content de me faire marcher, on veut en
plus me faire courir ! " (et il soupire ...)

(Un samouraï s'est introduit dans le bâtiment des filles.
Un commando a été envoyé pour le capturer ...)
"- Mission terminée, Chef! on le tient enfin !
- Mais ?!? C'est ... Spid ! Que faites-vous là, Aviateur
de Deuxième Classe, accoutré de la sorte ?
- Et bé ... je me suis trompé d'endroit, en voulant aller
faire ma toilette ! C'est bête, hein ?!?
(Il est en robe de chambre, la bouche pleine de
dentifrice, les cheveux en pétard, et a l'air totalement
ahuri ... En plus, il a été plaqué au sol par la patrouille
...)
- En voilà encore un qui va être comme le vin ...
chambré !!!"

Pour faire un Service peinard, règle numéro 8 :
- Fayoter avec le Chef.
" - Moi aussi, j'adore le sport, et le foot en particulier ...
Au fait, pourquoi ils ont pas mis un casque, pour ce
match ?
- !!!"

----

* <u>Le Foyer</u>

Lieu unique sur la Base Aérienne, le Foyer était en
général tenu par les Anciens, et représentait une espèce
de havre de paix, au sein duquel l'Appelé pouvait
momentanément oublier ses soucis ... Dans cette salle
aménagée avec goût, il avait ainsi accès à un bar, à un
juke-box (dans lequel une âme charitable mettait une
pièce, afin de faire profiter toute la salle de son
morceau préféré), à des vitrines dans lesquelles il
pouvait acheter divers souvenirs de l'Armée pour lui et
ses proches (briquets, trousses de toilette, fanions
militaires, pin's, maquettes d'avions, etc), à des
flippers, babyfoot et billards (pour faire quelques
parties ...). Quelques tables, judicieusement disposées,
permettaient à la troupe de consommer des boissons
non alcoolisées ... (les Appelés n'ayant pas le droit de
consommer de l'alcool…).
Les horaires d'ouverture et de fermeture étaient
strictement respectés. Il convient également de faire
remarquer, qu'en général, une Salle de Cinéma était
mise à la disposition de la troupe : elle pouvait alors
servir à l'organisation de différents divertissements ...

Le Chat du Colonel
Le Chat du Colon a failli s'étrangler avec une arête de
poisson. Que celui qui l'a nourri arrête ses farces de
toute urgence !

"- Alors, Spid, et ce percolateur ?
- Le "Père Colateur" ?! C'est un nouveau, ce gars ?
- En quelque sorte, oui : c'est lui qui nous permet de
faire un excellent café !
- Il faudra donc veiller au grain, hi hi !!!"

"- Dis, le Bleu ... Tu serais pas nouveau, par hasard, le roi du bazar ?!
- Oué, oué ! Y'a un blème dans votre trirème ?
- Question service en salle, rien à redire ... Par contre, au Foyer des Hommes du Rang, on ne sert pas de boissons alcoolisées, pour ton info ! Donc, pas de bières à table !!!
- Ah ! Comme les pneus de ma bécane adorée : il manque toujours de la pression !!!"

"- Qu'est-ce qu'ils me gonflent, ici ! Vivement la Quille, comme ça, tout sera relégué au rang de Souvenirs ! Puis, on oubliera tout ... tout sera effacé dans notre mémoire ...Et il restera plus rien de rien !!!
- T'as raison, mon pote : on repartira sur de nouvelles ... bases ! Au fait, j'crois bien que je vais acheter quelques bricoles : porte-clés, fanions de la Section, photos des Amigos, trousse de toilette camouflée combat dernier cri (et certifiée fabrication Française, même s'il est écrit dessus "Made in Taille Ouane" ...), lampe torche, etc ..."

"- Le Foyer, c'est génial ! Quand t'as le bourdon, au retour d'une marche, de manoeuvres et autres exercices, tu viens t'échapper en ce lieu, pour souffler un peu et discuter tranquilou avec tes potes ...
- Ah, c'est génial !
- Oué ... Le seul problème, c'est qu'on est pas souvent sur la Base ! "

" - Le Foyer est ouvert, tu viens faire une partie de
Flipper ?!
- Désolé, j'peux pas ... j'ai de la lessive qui m'attend ...
Ce sera pour une prochaine !!!
(Et il revient dans la chambrée ...)
- Pour ce qui est de lessive, c'est sûr que mon compte
bancaire est complètement lessivé !!! Allez, plus qu'un
mois à attendre ..."

----

* <u>L'Ordinaire (cantine des Hommes du Rang)</u>

Lieu stratégique par excellence, très prisé de la Troupe
(tout comme le Foyer et la Chambrée, d'ailleurs ...). La
nourriture, c'était à l'époque, le nerf de la guerre pour le
Soldat, sachant qu'il convient de ne pas oublier que la
solde était très modeste pour l'Appelé, Aviateur
Deuxième Classe de base. Fort heureusement,
l'institution militaire avait mis en place un système au
sein duquel tout était pratiquement gratuit, confort
particulièrement appréciable pour les jeunes gens,
d'origines sociales défavorisées, qui arrivaient sur les
Bases Aériennes, afin d'effectuer leur Service Militaire
...

Le Chat du Colonel
Le Chat miaule sans arrêt sous les fenêtres : l'Aviateur
responsable est mis au Trou, car le matériel employé
pour l'isolation était de piètre qualité. Il faut dire qu'il

avait la fâcheuse habitude de lui balancer des godasses ... C'était pas le pied ! C'était ... Chaud, sûr !

(Spid aide le cuisinier à préparer le fromage pour le repas de midi ...)
"- Dis-moi, Spid : elle te plaît, cette nouvelle tâche ?!?
- Mince, je me suis donc dégueulassé ?!
- Non, je voulais parler de ton nouveau travail, ici, au Foyer ...
- Oh, moi, tant qu'il y a des meules, je ne me sens pas dépaysé, hi hi !"

"- Même le colin fait son service ...
- Ah bon ?!
- Oué ! T'as pas remarqué qu'il s'est invité dans ton assiette ?
- Sur ce coup, je me sens comme un poisson dans l'eau !
- Serait-ce un Poisson d'Avril ? "

"- Spid, t'as pu préparer la caisse des porcelaines pour le Mess ?
(L'intéressé se retourne, très gêné vers ses camarades ...)
- Ah ... Cette caisse-là ...
- Ouais, la caisse qui faisait office de cages pour le foot !

- Aïe ! Je crois que nos carrières sont comme le contenu : brisées !!!"

"- Dis, tu crois pas qu'on exagère un peu, là ?
- Mais, non ... ça passera comme une lettre à la poste, t'inquiète ...
(Ils sont énormes, les vêtements remplis de nourriture, subtilisée au Mess ... Un sous-Officier feint de ne pas les avoir aperçus ...)
- Bon, ça va pas être du gâteau, maintenant ...
- Pour sûr, on va déguster, sur ce coup !!! "

(Nourriture)
"- Hier : fayots à l'ordinaire ... Aujourd'hui : patates ... Et demain, on aura quoi ?
- Ben, fayots. Pourquoi diable cette question ? !
- Oh, comme ça ... J'adore l'effet de surprise ... " (le désespoir survole la scène ...)

"- J'en ai vraiment ras le bol !
- Une solution : il te faut arrêter de manger du riz !!! "

Pour faire un Service peinard, règle numéro 9 :
- Ne pas se faire remarquer !
(À l'Ordinaire, l'Aviateur a fait tomber une énorme quantité d'assiettes ...)

"- Messieurs, notre Base a été attaquée : plus d'avions,
plus de radio, plus de Poste de Garde ... Tout a été
bombardé, et détruit ... Des questions ?
- Et le Mess ? C'est pas pour dire, mais il va bientôt
être l'heure de déjeuner ...
- !!! "

"- Encore des rations de combat ! Pfeu ...
- Salut la Treizième Section ! Ce soir, c'est la méga -
Fête ! La Teuf ...
(Louie, porte un énorme gâteau ...)
- Où t'as dégotté ça, tézigues ?!
- Ah ! (prenant un air important ...) Les relations, au
Mess, ça sert ...
(Pendant ce temps, dans la cuisine du Mess Sous-
Officiers, le marmiton stresse plein pot ... C'est un
grand moment de solitude, car les gradés, attablés en
Salle de réception, attendent ...)
- Et mon gâteau d'Anniversaire, il est où ?! C'est pas
toi, le Chat, hein, qui a fait le coup ?!!"

"- Y'a Spid qui vend sa bécane ...
- .. Le seul problème, c'est pour la récupérer : elle est
incrustée dans le camion frigorifique ... un peu plus
loin !
- Là, ça jette un coup de froid, sur le coup !!!"

Le Chat du Colonel

Les clés du bâtiment de stockage ont disparu : l'alerte rouge est lancée, et une véritable frénésie règne sur Base. Impossible de faire un pas, sans rencontrer une patrouille ! Finalement, le trousseau est retrouvé, dans la couchette du Chat du Colonel ...

"- La règle numéro Un, dans la section ...
- C'est de savoir courir, et vite !
(Ils sont poursuivis par le personnel du Mess, où ils ont "emprunté" de la nourriture ...)
- Hep, vous, là ! Donnez-moi vos scratchs ..!!! "

"- Alerte Rouge ! Tout le monde à son poste de combat, je répète ...
(Peu après, à l'Ordinaire, Louie et les autres sont attablés, attendant évidemment et fébrilement, le repas ...)
- Eh bien !? Que faites-vous donc là, vous autres ?
- Nous ?! On est à notre Poste, quelle question !!! "

"- Mais ?!? Mon dessert a disparu !
- Envolé, dis-tu ? tu dois avoir des visions, voilà tout ...
(en aparté, les compères s'esclaffent, une fois l'Aviateur parti ...)
- Et de vingt, hé hé ! "

"- C'est curieux, mais j'ai comme l'impression que certains essaient de gruger à l'Ordinaire !!!

- Mais non, voyons ! Ce n'est qu'une idée, voilà tout ...
(Major)
- Et ca ?! Ne met-il pas le paquet, celui-là ?" (CLC)
(Il désigne La Poubelle, lequel sème, involontairement,
des paquets de gâteaux derrière lui ...)

"- Cette nourriture est infecte ! Toujours la même
chose à grailler, c'est désespérant à la fin ...
- Tu l'as dit, bouffi ... ça devient lassant à la fin ... Ces
haricots me donnent la nausée ...
- Au fait, tu finis pas ton plat ? J'peux t'aider, si tu veux
... (La Poubel)
- ….. !?! "

(Pour passer un Service peinard : règle n°10)
"- Trouver une occupation intéressante ...
- Alors, ces pluches !!! ça vient ?!
(Les Aviateurs font face à une énorme montagne de
patates ...)
- J'en ai vraiment plein la patate !!!"

Le Chat du Colonel
Un Aviateur est décoré, car a sauvé in extremis le Chat
de la noyade.
"Chat va !" aurait-il répondu ...

(Visite des gradés à l'Ordinaire ...)

"- Comme vous pouvez le constater, l'équilibre
alimentaire des Militaires du Rang est notre
préoccupation majeure ... Chaque Appelé a droit à un
montant calorique journalier suffisant, ce qui vous en
conviendrez, est bénéfique pour sa propre santé. Le
gros de la troupe est choyée, et...
(À ce moment-là, le goinfre du groupe passe, gros et
gras, les poches pleines de gâteaux chapardés au Mess
...)
- Le gros de la troupe, vous disiez ?!"

"- C'est décidé : je déserte maintenant !
- Treizième Section : Rassemblement dans la cour,
pour aller à l'Ordinaire, dans cinq minutes pétantes !
- À la bouffe, les gars !
- Yes, pour la graille !
- Euh ... Finalement, je lèverai le camp plus tard ..."

----

* <u>Infirmerie</u>

Lieu par excellence où les Appelés se faisaient porter
pâles. Certains tentaient, par mille moyens
inimaginables (allant parfois jusqu'à mettre en péril
leur propre existence !) de se faire réformer, c'est-à-
dire de se faire déclarer inaptes au Service National,
afin de rentrer au plus tôt dans leurs foyers. Mais, les
Médecins Militaires n'étaient pas dupes ...

"- Dépêchez-vous ! Allons, du nerf ! Plus vite ! On
attend ces Messieurs à l'Infirmerie ...

- Section rassemblée devant l'Infirmerie ! À vos ordres,
Chef !
- La prochaine fois, vous serez plus rapides, OK ? Je ne
tiens pas à commander une Section d'escargots de
Bourgogne (même si le vin, là-bas, soit dit en passant,
est excellent ...), qu'on se le dise !!!
(Un peu plus tard, toujours dans les mêmes locaux ...)
- Ça fait une heure qu'on attend, pour une visite de
routine : attendre, attendre ... Où donc est la logique,
dans tout ça ?
- Fais comme Louie : il prend tout avec recul ...
- Non ! Y'a erreur ! Au secours ! J'veux pas, moi !!!
(L'intéressé est poursuivi par toute l'équipe des
Infirmières, seringues en mains ...)
- On peut dire que la gent féminine tombe à pic !
- Tu peux le dire, Man ... On dirait que l'escargot s'est
transformé en guépard sur ce coup, hi hi !"

Le Chat du Colonel
Le Chat s'est trouvé une copine, "Croquette",
appartenant à un Sergent ...

"- Que lisez-vous sur le tableau ?
- Z ?! C'est la grosse lettre tout en haut, à gauche ... (Le
miraud ...)
- Et après ?
- Après ?!! Secret Défense !!!!
- Vous êtes encore Apte pour le Service ... Suivant ! "

"- Et souvenez-vous bien qu'un crétin averti en vaut
toujours deux !
- Ah, mince ! Je ne savais pas que Louie faisait partie
des Chaussettes à clous ... le clou du spectacle, en
somme ... "

"- Dis-moi, mon gars, vous ne seriez pas un peu
miraud, par hasard ?
- Un peu myope ... mi-taupe, même, Chef, hé hé ! (rire
de crétin)
- Je m'en doutais ... Vous êtes en train de parler au
porte-manteaux : je suis de l'autre côté, voyez-vous ! "

"- Alors, Caporal-Chef : on est bien d'accord qu'il n'y a
jamais de batailles de polochons, au sein de votre
Section, la trop connue Treizième, en l'occurrence ?
- Affirmatif, Sergent !
- Alors, pourriez-vous m'expliquer tout ceci ?"
(Il lui montre la Section au complet, faisant la queue à
l'Infirmerie ... Certains ont des plumes sur la tête,
d'autres des bosses, et encore d'autres les deux ... Une
chose est sûre : la soirée fut très agitée ...)

"- Bon ... Je vais me faire réformer comme
mythomane, hé hé !
(Devant le Médecin-Chef ...)
- Hello à tous ! Je suis Rambo. Je reviens depuis peu de
la Jungle, où j'ai dégommé tout un Régiment de
Fanatiques ! Au Rapport, Chef, pour la prochaine
Mission !!!

- Bien ... Asseyez-vous donc ! Votre cas semble
particulièrement intéressant ...
 Où pourrions-nous affecter un Guerrier de votre
importance ?
- À la maison, devant la télé ?!?
(Plus tard, on le retrouve, en train de nettoyer les
chiottes ...)
- Mince ! J'me suis encore fait griller J'suis au bout du
rouleau !!! "

TITRE III - <u>ANNEXES</u>

SUIVANT !
COIFFEUR
COIFFEUR
SUIVANT !

Entrée de la Base

www.ingramcontent.com/pod-product-compliance
Lightning Source LLC
Chambersburg PA
CBHW071449150726
48000CB00006B/2498